A JUGAR CON EL BASTÓN

Puede consultar nuestro catálogo en www.picarona.net

CUENTOS POR TELÉFONO - A JUGAR CON EL BASTÓN
Texto: *Gianni Rodari*
Ilustraciones: *Anna Laura Cantone*

1.ª edición: noviembre de 2016

Título original: *A giocare col bastone*

Traducción: *Lorenzo Fasanini*
Maquetación: *Montse Martín*
Corrección: *M.ª Ángeles Olivera*

© 1980, Maria Ferretti Rodari y Paola Rodari, Italia
© 1991, Edizioni EL, S.r.l., San Dorligo della Valle, Italia
www.edizioniel.com
Edición publicada por acuerdo con Ute Körner Lit. Ag., Barcelona, España
www.uklitag.com
(Reservados todos los derechos)
© 2016, Ediciones Obelisco, S. L.
www.edicionesobelisco.com
(Reservados los derechos para la lengua española)

Edita: Picarona, sello infantil de Ediciones Obelisco, S. L.
Pere IV, 78 (Edif. Pedro IV) 3.ª planta 5.ª puerta
08005 Barcelona - España
Tel. 93 309 85 25 - Fax 93 309 85 23
E-mail: picarona@picarona.net

ISBN: 978-84-16648-74-0
Depósito Legal: B-14.812-2016

Printed in Spain

Impreso en España por ANMAN, Gràfiques del Vallès, S. L.
C/. Llobateres, 16-18, Tallers 7 - Nau 10. Polígono Industrial Santiga.
08210 - Barberà del Vallès (Barcelona)

CUENTOS
POR
TELÉFONO

A JUGAR
CON EL BASTÓN

Texto: Gianni Rodari

Ilustraciones: Anna Laura Cantone

 Picarona

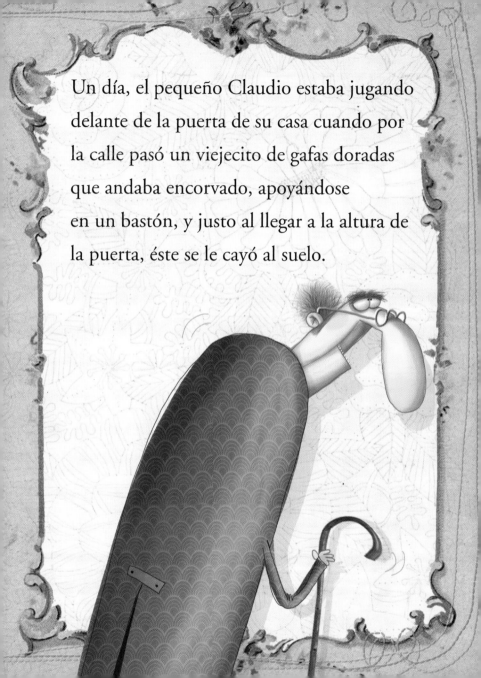

Un día, el pequeño Claudio estaba jugando delante de la puerta de su casa cuando por la calle pasó un viejecito de gafas doradas que andaba encorvado, apoyándose en un bastón, y justo al llegar a la altura de la puerta, éste se le cayó al suelo.

Claudio se agachó rápidamente para
recogerlo y se lo devolvió al anciano,
que le dijo, sonriendo:

—Gracias, pero no me hace falta.
Puedo andar muy bien sin él.
Si te gusta, quédatelo.

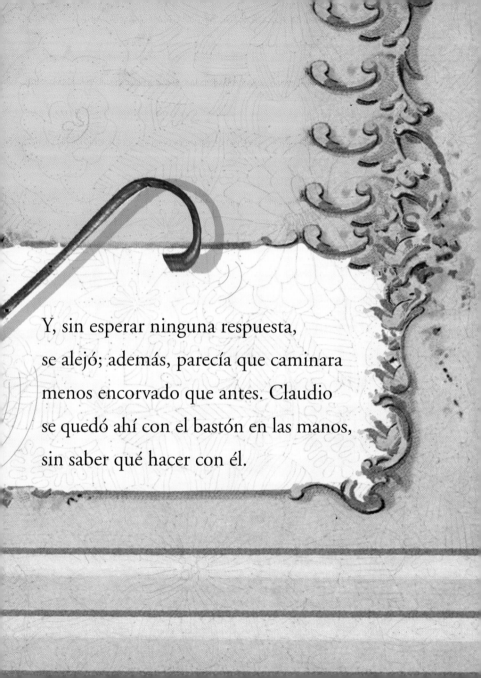

Y, sin esperar ninguna respuesta,
se alejó; además, parecía que caminara
menos encorvado que antes. Claudio
se quedó ahí con el bastón en las manos,
sin saber qué hacer con él.

Era un bastón normal de madera,
de mango curvado y punta de hierro,
sin nada más especial a primera vista.
Claudio golpeó dos o tres veces la punta
contra el suelo, y casi sin pensarlo, se subió
a horcajadas al bastón… De repente, éste ya
no era un bastón, sino un caballo, un hermoso
potro de color negro con una estrella blanca
en la frente, que se echó a correr al galope
alrededor del patio, relinchando y haciendo
saltar chispas del empedrado.

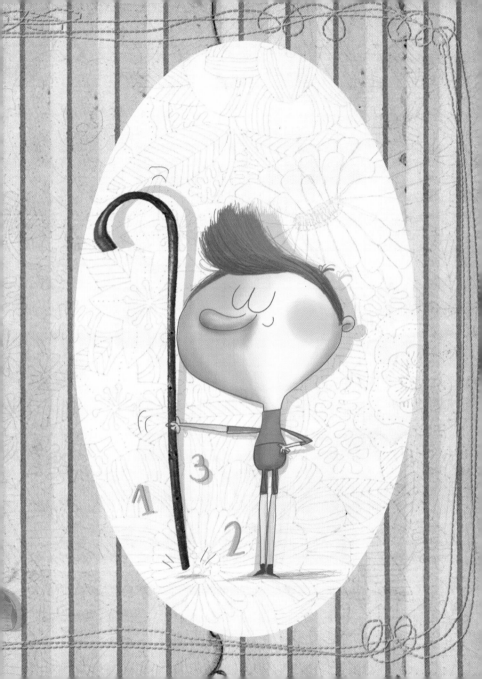

Cuando Claudio, asombrado y un poco
asustado, pudo volver a poner los pies
en el suelo, el bastón
ya era de nuevo
un bastón.
No tenía cascos,
sino una simple
punta de hierro,
ni crines, sino
el mango curvado
de siempre.

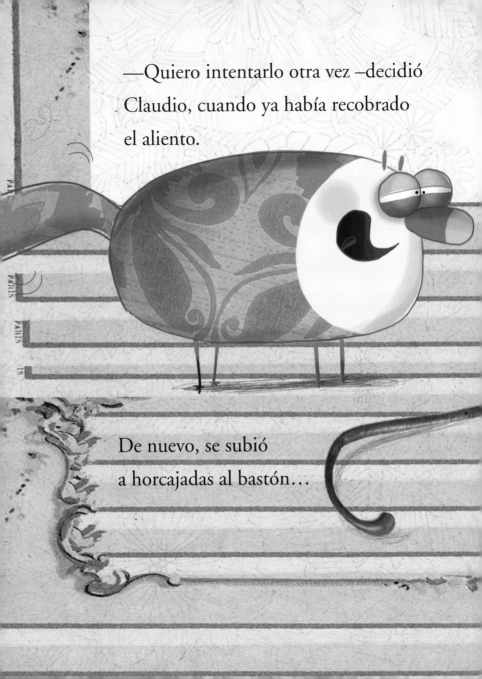

—Quiero intentarlo otra vez —decidió
Claudio, cuando ya había recobrado
el aliento.

De nuevo, se subió
a horcajadas al bastón…

Esta vez no era
un caballo,
sino un magnífico
camello de dos
jorobas, y el patio
un inmenso

desierto que cruzar, pero Claudio
no tenía miedo y escrutaba a lo lejos,
para ver aparecer el oasis.

—Evidentemente tiene que tratarse
de un bastón encantado –dijo
Claudio para sí, montándose
por tercera vez.

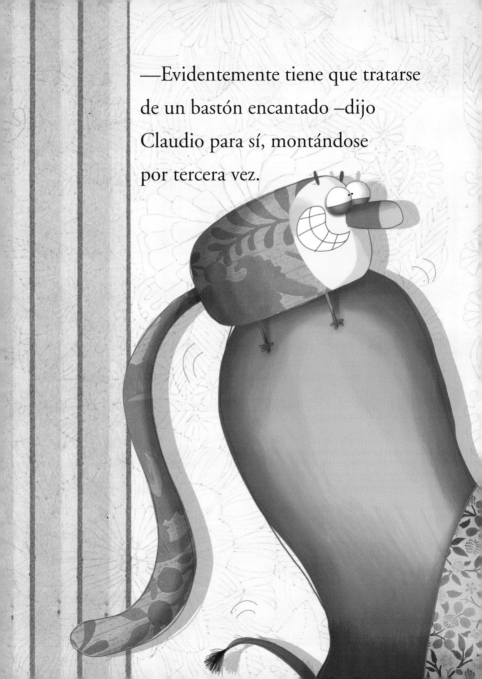

Esta vez era un coche de carreras de color rojo,
con el número escrito en blanco sobre la cubierta

del motor, el patio era una pista que retumbaba, y Claudio siempre llegaba el primero a la meta.

Después, el bastón fue una lancha, y el
patio un lago de aguas verdes y tranquilas,

y más tarde, una nave
que atravesaba el espacio,
dejando una estela de estrellas
a su paso.

Cada vez que Claudio ponía de nuevo los pies
en el suelo, el bastón volvía a cobrar
su aspecto apacible, el mango brillante
y el viejo puntal.

Entre esos juegos la tarde pasó rápidamente.

Al atardecer, Claudio volvió
a asomarse a la calle,
y casualmente vio al anciano
de gafas doradas. Se quedó
observándolo con curiosidad, pero
no conseguía ver nada especial en él:
era un señor mayor cualquiera,
un poco cansado por el paseo.

—¿Te gusta el bastón? –le preguntó
a Claudio, sonriendo.

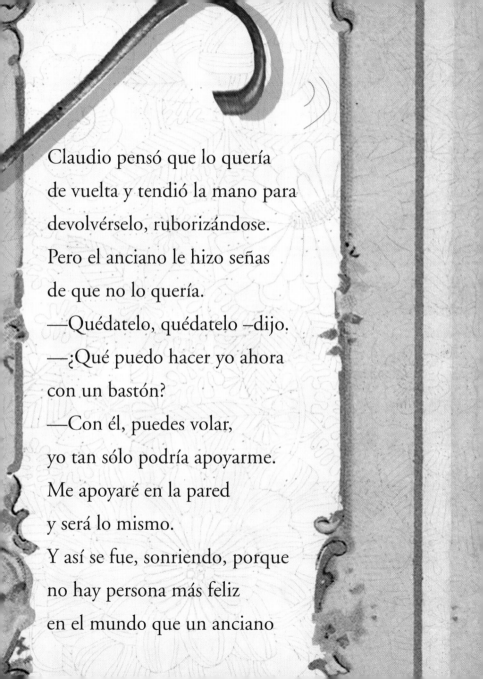

Claudio pensó que lo quería
de vuelta y tendió la mano para
devolvérselo, ruborizándose.
Pero el anciano le hizo señas
de que no lo quería.
—Quédatelo, quédatelo –dijo.
—¿Qué puedo hacer yo ahora
con un bastón?
—Con él, puedes volar,
yo tan sólo podría apoyarme.
Me apoyaré en la pared
y será lo mismo.
Y así se fue, sonriendo, porque
no hay persona más feliz
en el mundo que un anciano

que puede hacerle

un regalo

a un niño.

Gianni Rodari (1920-1980) nació en Omegna (Italia). Además de gran pedagogo, periodista y escritor especializado en literatura infantil y juvenil, fue un hombre muy comprometido con la sociedad de su tiempo. Dirigió y editó diversos periódicos, y, posteriormente, pasó del oficio de cronista al de escritor. Rodari aborda en muchos de sus cuentos temas por lo general muy alejados de la literatura infantil, como la guerra o la insensatez humana, y no duda en criticar a una sociedad que considera insolidaria y consumista, y en fomentar el espíritu crítico de los más pequeños, siempre con su peculiar ingenio y humor. Creador de un auténtico y característico «género» de literatura infantil, durante su trayectoria literaria llegó a publicar más de cincuenta obras, entre las que destaca la colección de cuentos *Favole al telefono (Cuentos por teléfono)*. Sus creaciones han obtenido muchos galardones, entre ellos el prestigioso premio internacional Hans Christian Andersen.

Anna Laura Cantone. Nacida en 1977, en Alejandría, tras realizar los estudios de ilustración infantil en el Instituto Europeo de Diseño, en Milán, enseguida empezó a colaborar con publicaciones del sector, para pasar poco después a trabajar con editores italiano y extranjeros. Cantone une su actividad como ilustradora independiente a la de colaboradora de galerías de arte, aportando esculturas, cuadros e instalaciones diversas. Sus trabajos como ilustradora infantil han merecido reconocimientos nacionales e internacionales, entre ellos el premio Ragazzi de la Feria de Bolonia. En la actualidad ejerce como profesora en Milán, en el Instituto Europeo del Diseño.

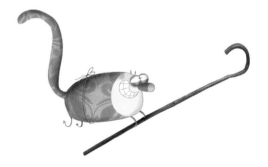

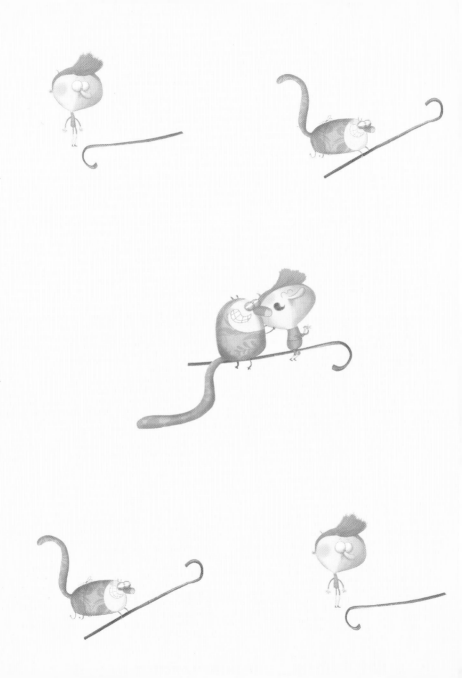